13 RAZÕES PARA VOTAR NO PT

★

Aurélio Marcondes Bittencourt e Lins

13 RAZÕES PARA VOTAR NO PT

★

© 2017 - Aurélio Marcondes Bittencourt e Lins
Direitos em língua portuguesa para o Brasil:
Matrix Editora
www.matrixeditora.com.br

Diretor editorial
Paulo Tadeu

Capa, projeto gráfico e diagramação
Allan Martini Colombo

Revisão
Silvia Parollo
Eduardo Ruano

CIP-BRASIL - CATALOGAÇÃO NA PUBLICAÇÃO
SINDICATO NACIONAL DOS EDITORES DE LIVROS, RJ

Lins, Aurélio Marcondes Bittencourt e

13 razões para votar no PT / Aurélio Marcondes Bittencourt e Lins. - 1. ed. - São Paulo: Matrix, 2017.

ISBN 978-85-8230-409-9

1. Brasil - História - Humor, sátira, etc. 2. Brasil - Política e governo - Humor, sátira, etc. I. Título: Treze razões para votar no PT.

17-42774   CDD: 320
                                                            CDU: 32

APRESENTAÇÃO

Calma. Pode abaixar o punho fechado. Este livro não é um incentivo para votar no Partido dos Trabalhadores. É uma pesquisa extensa sobre os 13 motivos que levam brasileiros de todos os lugares, mas de uma faixa próxima de QI, a apertar o número 1 seguido do número 3 na urna eletrônica. São 13 tópicos com os quais espero elucidar a pergunta de 1 bilhão de dólares (desviados da Petrobras): O que o PT fez pelo Brasil?

1. Política econômica
2. Criação de emprego
3. Ética
4. Saúde
5. Bom uso da máquina pública
6. Gestão ágil
7. Domínio gramatical
8. Sofisticação
9. Transparência
10. Respeito às instituições democráticas
11. Coerência
12. Política externa
13. Abertura para diálogo

Esta obra é fruto da minha pesquisa de pós-doutorado na USPcio. Foi um desafio muito maior do que estudar a carreira de Dilma Rousseff antes de ela ser presidenta, como fiz no mestrado, ou tecer uma leitura semiótica dos projetos de lei do deputado Tiririca, tese do meu doutorado.

Recomendo que o leitor reserve tempo e paz de espírito para se debruçar sobre as informações inéditas e análises desafiadoras que encontrará a seguir. Elas são fruto de árduo trabalho, algo a que o Partido dos Trabalhadores talvez esteja desacostumado.

Foram 32 meses de entrevistas e pesquisas extenuantes para chegar às 80 páginas que você tem em mãos. Viajamos ao Oiapoque e ao Chuí, mas isso não ajudou muito porque o ponto mais ao norte do país tem um prefeito tucano e o mais ao sul é liderado pelo DEM.

Seguimos então para o Brasil profundo que elegeu o PT para a Presidência quatro vezes seguidas, atualizando o ditado: "Errar é humano, insistir no erro é burrice".

No agreste de Pernambuco, onde o Lula nasceu, encontramos pessoas revoltadas. Revoltadas porque o apartamento (que não é, nunca foi e nunca será do ex-presidente) fica no Guarujá, e não numa praia mais bonitinha.

No Mato Grosso, ouvimos de uma bordadeira de 90 anos palavras que nunca esquecerei: "Sai da frente da TV que eu quero ver o Silvio Santos".

Visitamos 312 cidades e entrevistamos 130.532 pessoas, (ou 130.533, já que duas delas eram gêmeas siamesas do circo de Brusque).

Essa viagem aos rincões do país não teria sido possível sem uma equipe multidisciplinar de sociólogos, matemáticos, economistas e uma faxineira (a Neide, lá de casa). A eles fica o meu "Obrigado, companheiros".

E a você, leitor, fica um abraço e a esperança de que esta obra – a maior da minha carreira, ouso dizer – ajude a entender do que é feito o Partido dos Trabalhadores.

Boa leitura!

Prof. Dr. Aurélio Marcondes Bittencourt e Lins

Tudo que o PT fez pelo Brasil está nas próximas páginas.